막막함이 나를 살릴 것이다

김수목

시인의 말

눈을 떠 보니 잊고 있었던 나의 어제가 떠올랐다.

어제보다 더 먼 옛날들도 차례로 떠올랐다.

읽고 쓰고 걷고 사랑했던 그 긴 날들이

늘 나와 함께했다는 걸 새삼 알게 되었다.

살아내는 게 그랬다.

지구의 어느 한 곳에서

시간의 어느 한 점에서

2024년 2월

김수목

막막함이 나를 살릴 것이다

차례

2부 밤의 긴 침묵이 날아다녔다

3부 짧은 사랑의 기록이라고 해 두자

4부 꾸어야 할 꿈이 너무 많아서

해설

1부

누가 나의 감추어진 손을

끌어내 줄까

심야 버스

먼 인가의 불빛처럼 반짝이는 무엇이 되고 싶었다
어둠이 밤새 일렁일 때마다 불 비늘이 되어
외로운 이의 창가를 밝히고 싶었다

심야 버스의 낯선 실내등이 파랗게 질려 간다
어둠을 배경 삼아 더 파랗게 질려 가는 찌든 얼굴들

이마가 창문에 차갑게 닿는다
출렁거리며 어둠이 다가왔다가 물러선다

어둠을 뚫고 먼 인가의 불빛이 다가오다 망설인다

이 버스가 닿는 곳이 내일이다

봄날

두 손을 감추고 벚나무 길을 걸어간다
두 발은 허공에서 자주 엇갈린다
박자 맞지 않은 슬픔 하나가
공중을 떠돌다 가슴속에 들어온다

누가 나의 감추어진 손을 끌어내 줄까
두 손 사이의 거리도 먼데

다음 생에는 아니더라도 한 번쯤
멋지게 살아내고 싶다
호리호리한 몸매와 알맞게 큰 키로
적당히 거절하며
적절하게 싫은 티도 내면서

기억하는 모든 것들이 징그러워지는 나이에
화장을 한다

엇나가는 두 발과 두 손과

무작위로 가끔씩 떨어지는 벚꽃 잎과

기억과 다음 날들이 만난다

봄날이라 가능한 일이다

아직 가만히 놓다

개나리꽃 흐드러진 날에 친구는 갔다

들어갈 수 없는 중환자실 복도를 지날 때
잠깐 열린 문을 지나칠 때
친구의 침대에 삐죽이 나와 있는
작은 발바닥을 보았어
아주 작고 앙증맞았지

친구는 가기 전에 영정 사진을 골라 놓았다 했다
자신이 죽은 후에 살아 있는 사람들이 볼 사진을 고
르며
제일 예쁜 것으로

장지는 외롭지 않게 붐비는 곳으로 택했다
너무 외로워서
죽어서라도,
모르는 사람들이라도,
자주 스치는 그런 곳으로 정해 달라고

온몸이 보이지 않을 정도로
주렁주렁 주삿줄을 달고서

고통 너머 고통까지 간 다음에야
서서히 세상과 잡고 있던 손을 놓았다

나는 아직 친구의 손을
잡아 보지 못했는데

긴 잠깐

아이가 만지작거리는 블록 부딪히는 소리와
아이의 흥얼거리는 노랫소리가 엇박자로 들려온다
손으로는 끝없이 건축을 하고
머리로는 한없이 꿈을 더듬는 아이

이 순간은 혁명보다 더 요란한 거야
소리 없이 모습도 없이
우리의 일상을 장악하고 만 바이러스
실패할 혁명인데 더디기만 하다

대추나무 잎이 아직 나오지 않는다
다들 새파란 잎으로 초여름을 장식하는데도
바짝 마른 가지만 허공에 뻗고 있다
죽은 건가 가지를 꺾어 볼 때쯤이면
대추나무 잎이 그제야 나온다
그래서 옛사람들은
대추나무 잎이 나오면 여름이 되었다고 말했다

바람이 세차게 부는 날을
구름이 물속에 잠겨 허우적거리는 날을
격리에서 해제되어 군중 속을 걷게 되는 날을
이 정도의 기다림이면 충분하지 않나

그사이 나는 서서히 늙어 갔다
두려움도 슬픔도 없이
한 잔의 우유를 데워 먹을 이유가 많아졌다
날이 갈수록 이유가 많아졌다

우연을 간신히 붙잡고 있다
아이의 블록이 와르르 무너진다
한번 씨익 웃고 아이는 다시 블록을 건축한다

금영노래방

상처를 들추자 들판이 무작위로 펼쳐진다
상처 아래 드러나는 내부는 눈부시다
네가 준 상처 안으로 들어가는 건 당연하다

길을 잃는다는 것은 걷는다는 것과 같은 의미란다
주어진 길이 반드시 네 앞으로만 펼쳐지는 건 아니란다

그리워할 사람이 있다는 것만으로도 다행이야
그래도 주머니 속에 녹아 있는 초콜릿의 무정형이 아
쉬워
은박지의 녹록지 않음과 손가락에 달라붙는 달콤함
이란

완벽할 리가 없는 다가감에 반격되어 나오는 완강한
반응
말풍선에 갇혀 너에게 다가가지 못한 고백이
구름과 한통속이 되어 나를 내려다본다
살아갈 길이 멀어져 가는 것조차 희망이 된다

종일을 들판에서 서성거려도
다가올 아무도 없이
말 걸어 줄 누구도 없이

사라지는 것들만 풍성한 가을 들판에서
금영노래방에서 부르는 송가처럼
다소는 처절하게 다소는 떨리며

잠시 허공을 더듬는 바람의 그것보다 더 위
구름이 내민 손을 슬쩍 숨긴다
흘러가는 것들이 스스로를 추스르는 저녁 무렵
저절로 시들어 가는 풀잎들을 향해

마음으로만 크는 풀이 있단다
마음만 먹고 자라는 풀잎도 살아낸단다
풀잎이 쓰러졌다 일어선 다음에는
성큼성큼 건너간 바람의 눈길이 머물러 있다

어제는 생일이었다

잠자리에게는 잠자리 잡는 법을 가르쳐 주지 않는다

잠자리 앞에서 손가락으로 원을 그리다 보면 잠자리
는 어지러워 쓰러진대
하늘에 장대처럼 손가락 하나를 들고 있으면 잠자리
는 언젠가 앉게 된대
잠자리의 겹눈을 본다

온몸으로 짜내어 기쁨 쪽으로 몸을 돌리는 새벽
짜낼 게 없는 마른 행주를 탈탈 털어 말린다
거기서부터는 절박이라고 부른다

어제는 생일이었다
생크림을 잔뜩 묻힌 플라스틱 칼이
가로로 놓여 있다
벌써 한 밤을 지났지만
어제는 내 생일이었다
그렇게 고백할 수 있다는 건 오늘의 일이다

생동하는,
생기 넘치는 어제는 훌쩍 지나가 버렸지만
말과 말이 건너뛰는 책갈피마다
시대의 종말이라고 적어 둔다

내가 아는 세상은
내가 들고 있는 촛불만 한 크기이다
내가 아는 세상 크기의 촛불이
바람 앞에 흔들리는 것처럼 보인다

망가진 로봇을 들고 우는 아이의 하루나
평생을 땅만 보고 판 농부의 평생이나
모두 한통속이다

오늘

오늘 하루라는 방 안에 내가 갇혀 있다 어떤 때는 거
인이 되어 방문까지 가리기도 하고 어떤 때는 구석에 구
부리고 있어 보이지 않는 경우도 있었다

어디까지 가야 하는 건지 사방에 보이는 것은 모두
적대적이었다 눈을 내리깔고 두 손을 앞으로 공손히 모
아 보았지만 나를 기대하는 것은 없었다 머리카락이 이
마를 가리고 눈썹을 덮어도 나를 기다리는 것도 없었다

내가 어떻게 해야 기다려 줄 거니
없는 심장이라도 꺼내서 보여 줄까
악마의 입이라도 벌려 몇 마디 빼내 줄까

징징거린 흔적을 남기는 오늘이다 손가락으로 앞 머
리칼을 쓸어 올렸지만 성긴 머리칼 사이로 주름진 손등
만 확대되어 보이는 지금이다

민달팽이의 분비물이 끈적한 자국을 남기듯 어쩌면

오늘이 겨우 지나갔음의 자취를 남긴다 얼마쯤은 내일
에게 슬며시 밀어 주고 싶은 오늘

생각은 끝났습니다

잠시 창을 열고 보니 저 아래
겨우 싹트기 시작한 은행나무 정수리에
직박구리 한 마리가 앉아 비를 맞고 있다
갈 곳을 잃은 듯 망연자실
깃털 위로 빗물은 떨어지고 떨어져
여윈 몸매를 드러낸다
긍정과 확신의 빗소리는 거침이 없고
의문과 추정의 문장들
거기에 갇혀 떨고 있는 새
추적추적 비는 그치지 않는구나
베란다 난간에 매달린 빗방울
톡 톡 톡
쓰기 싫은 받아쓰기는 끝이 없다

어제에 이어 오늘은
바람이 태풍으로 부는 날이다
직박구리는 물론 뱁새 한 마리 보이지 않고
내려다보이는 나무들이 자지러진다

잎이 잎들에게 말한다
비문이 너무 많아, 허문도 많아
읽어 내릴 수가 없잖아

오늘의 내일인 오늘은
바람 한 점 없고 구름 한 점 없고
눈물 한 점 없는 날이군
멀쩡하게, 말끔하게 차려입은 오늘이
점조직같이 교묘하게 꼬여 도저히
행간을 쫓아갈 수 없어
가령이랄지 설령 같은 가정을 나타내는
말이 줄줄이 딸려 나온다

퇴고하지 않은 말과
탈고되지 않은 생각 사이에서
글자들이 자꾸만 도망간다

그러고 싶었던 것처럼

한때는 비구니가 되어 세상을 떠돌고 싶었다
운전석 뒤를 개조해 침실로 만든 2톤 트럭 배달차를
끌고
팔도 유람을 하고 싶기도 했다
최소한 파렴치범이라도 되어 감방에 들어가 책이나
실컷 읽고 싶었다

그러고 싶었던 것처럼
한때는 박물관 학예사가 되고 싶었다
그러고 싶었던 게지
비공개 지하 수장고에 청춘을 처박아 두고 싶었다

그때는 모든 것이 수렵과 채집의 대상
닥치는 대로 먹어치워 체내에 저장해야 하는
원시인의 유전자가 자랑처럼 남은 때였다
오동나무 벽에는 선사시대의 암각화를 새겨 두고
육중한 금고문이 달린 수장고 앞에서
커다란 자물쇠를 열려고 낑낑거리던 나는

내가 가진 목숨과 영혼을 밀어 넣어
유물들의 나이를 가늠하고자 했다
갈 곳 없던 청춘이 할 수 있는 건 그뿐이었다

어느 폐사지에 홀로 남은 당간 지주를 훔쳤다
영치품에서 신간 잡지를 흔적도 없이 빼냈다
굽어 도는 길마다 스키드 마크를 남겼다
살아온 날들이 바라는 것은 결코 이루어진 적이 없다

막막함이 나를 살릴 것이다

손이 펴지지 않았다
잡아야 할 것들이 순식간에 밀려왔다
손으로 잡아야 하는 것들은 모두 사물이다

팩소주를 마셔 본 기억은 없는데
매번 꿈마다 팩소주 묶음을
배낭 맨 아래에 넣고 여행을 떠난다

추전역을 지나면서
아직 오늘이 다 가지 않았다는 것과
더 기다릴 여력이 남아 있다는 것에 숨을 내쉰다

태백이 고향이라는 여자의 말을 듣고
사랑한다고 고백할 뻔했다
막막함이 나를 살릴 것이다

발부리에 차인 돌멩이를 주워 던지며
그리워할 사람이 없을 때가 좋았다고

말하려다 그만두었다

손이 펴지지 않았다
항상 무언가를 쥐고 있어야 했던 손이지만
항상 비어 있다고 기억하려 했다

적벽, 그 아래서

청류적벽 입구까지 갔다가 오를 수 없다는 거,
날카로운 직립에 지레 겁을 먹었다는 거,
적벽의 끝은 하늘가에 걸려 있었네
절실하게

모든 문제는 날카로움에서 시작되는 거였지
깨진 손톱 끝이거나
쏘아보는 눈매에 나도 모르게 눈을 감아 버리는 거

이틀 내린 가을비에 노트가 눅눅해지네 백상지의 빳
빳한 몸매를 자랑하던 노트장이 흐물거리네
콧대 높고 차가운 그녀의 모서리에 수시로 손가락을
벴네 노트를 넘길 때마다 그녀는 육식동물의 송곳니를
세워 내 손끝을 노렸지

내가 할 수 있는 일은 내가 있는 곳을 전혀 벗어나지
못했다는 거
벗어나도 결국 내가 있는 곳이었다는 거

내 의지는 내 몸을 벗어나지 못하고
내 몸은 문지방을 넘어서지 못하고
문을 열고 나가지 못하자 생각들은 창문 쪽으로만 달
려갔다는 거

눈길만이 창문 위를 오가다 마주치는 건 적벽이었지
뾰족한 단절,
살아내는 모든 게 적벽이었네
하늘 끝에 걸려 있었네

끝은 없었다

초임지의 자취방 마당에는 여름만 되면 양귀비꽃이
만개했지요
붉고 강렬한 색을 감당할 수 없어 여태껏 가슴속으로
만 간직해 온 것인데
입 밖으로 내서는 안 될 금기어처럼

갑자기 추위가 몰려온 날
온기 속의 방 안에서 바깥으로 나가야 할 때
예상했거나 예기치 못했거나
모든 일들은 나의 의지와는 상관없이 일어나지요

습한 지하방에서 라꾸라꾸에 몸을 뉘었을 때처럼
슬로보트에 몸을 싣고 하루 종일 메콩을 거슬러 올
라가
빡뱅 게스트하우스의 거미줄 쳐진 천장을 보았을 때
처럼

겨울 한복판의 밀림에 갇힌 기분이랄까요

질척이는 맨발 위로 스멀거리며 올라오는

개미 떼를 밟아 버릴 수도 없네요

나뭇잎 뒤에 숨어 있다 수시로 떨어져 목덜미에 피를

내는

거머리들은 어찌할까요

햇살을 받은 메타세쿼이아의 침엽이 맥없이 부서져

내리는 것처럼

지켜보는 딱따구리의 쓰린 입매처럼

다음 시간은 다시 오지 않을 것처럼

모든 것의 끝은 시작부터 함께였다

2부

밤의 긴 침묵이 날아다녔다

상사초

    당신에게 헤아릴 길 없는 사연 하나 보냅니다 간밤의 망설임이나 지금의 혼란은 긴 강물이 되어 흐를 겁니다 흔히 부딪히는 바위나 함께 구르는 자갈도 내게는 한 조각의 아픔일 뿐입니다 당신에게 가는 거룻배, 거기에서 보이는 강섶의 갈대나 수초는 잊으라는 수신호로 읽힙니다 강물이 흐르는 대로 흘러가는 거룻배의 고물에 서서 이물까지의 거리만큼이나 가까이 왔던 안개도 생각해 보았습니다 당신은 어찌 되었든 그대로이겠지요 일렁이는 강물에 얼굴도 일그러져 알아볼 수 없게 되는 지경에도 얼굴의 이목을 기억하려 합니다 그대로입니다

일식의 하루

먼 나라의 개기 일식 소식에 가슴이 뛴다
이렇게만 살 수 없다는 달의 그림자가
기어이 해를 가리고 만다
일식의 궤도는 서서히 지구 위에 자국을 남기고
서쪽으로 간다

가슴 한쪽이 서늘하게 내려앉은 오후
더 이상의 햇살을 용인하지 않는 마루
골 진 송판 마룻장이 구겨진다

낮의 분주함이 밤의 평온으로 바뀌는 순간
평생 누구도 미워한 적이 없다는
미루나무를 올려다본다
읽어내야 할 눈물과 버려야 할 용서가
켜켜이 쌓여 감당 못 할 무게로 짓누를 때
미루나무를 불러내 본다

백 년 만의 개기 일식이 지구 저편에서 사라지는 동안

이곳에서는 밤이 온다
어둠으로 가득 찬 밤은
먼 나라 잠시 잠깐의 개기 일식을 부러워한다

밤을 잇는 소곤거리는 말소리가 멀리 퍼진다
심야의 대화는 먼 곳에서라도 잘 들린다
생각과 의심을 총동원해서 들으려 한다
들을 수 있는 소리가 그것밖에 없으니까

어떤 사람들은 죽는 순간에는 발가락을 쫙 편다고
한다
가지런히 붙어 한평생을 지탱해 준 발가락에게
휴식 먼저 가져 보라고
더 이상 죽음이 발길을 붙잡는 일이 없도록
발이 닿는 곳마다 희미한 길은 남는다
돌아서면 흔적조차 남지 않은 발자국

부르지 못할 이름

조문은 늘 밤늦은 시각이었다
장례식장은 늘 도시의 초입이었으므로
인터체인지에서 멀지 않은 곳에 있다
생에서 멀지 않은 곳에 죽음이 있듯이

수은등이 천장에서 창백하게 빛나는
로비에서 곱은 손으로 부의 봉투를 쓴다
낯선 한자어를 써서 조의를 표해야 한다

방명록에 낯선 글씨로 이름을 쓴 후
이름이 맞나 확인한다
내 이름마저 불확실한 곳

생애 중 가장 많은 꽃들에 싸인
무념한 표정의 영정 앞에
기독교식으로 해야 할까, 전통식으로 해야 할까
상주와는 맞절을 해야 하나, 목례로도 괜찮을까

망자는 말이 없다
상주도 말이 없다
조문객도

미리 세팅된 밥상이 쟁반에 담겨 나온다
일회용 스티로폼 국그릇과 플라스틱 숟가락
일회용 생에 일회용 슬픔
반도 안 찬 육개장의 붉은 국물이 숟가락을
붉게 물들인다

공모

당신은 혼자서 밥을 먹을 때
어느 쪽을 향해 앉습니까

문 쪽입니까
벽 쪽입니까

밥숟가락을 뜨다 마주치는 것이 없습니까
의식하지 못합니까

뜻 없는 눈길이 주르르 벽을 타고 흐릅니다
구겨진 달력도 넘고 냉장고도 건너뛰어
끝 간 곳은 구석입니다

목구멍을 타고 넘어가던 육개장 국물도
가끔씩 멈춰 생각할 줄 아는데

바퀴벌레 한 마리가 벽을 타고 문 쪽으로 갑니다
당신의 질문은 계속입니까

김 서린 안경알이 대신 대답합니다
늘 같은 답입니다

바닥에 흘린 밥알 몇 개가 초라합니까
떨어진 밥알도
당신을 버려 둡니다

붉은가슴딱새

딱새가 슬픔을 물어 날린다는 걸
알려 주는 사람은 아무도 없었다

오종종한 딱새가 동백 잎 끝에 앉아 있다가
마당가를 종종거리며
벌레를 잡아먹고 가는 것도 알려 주지 않았지만

손에 넣으면 금세 부러질 듯한 몸매와
인기척에 놀라 그림자까지 떠메고 사라지는 딱새가
그 어마어마한 슬픔을 어떻게 물어 날랐을까

슬픔은 어둠이 흔들어 깨워
아침이면 유리창에 기대어
딱새를 기다리게 하는 것

오래도록 유리창에 기대어 딱새를 보고 있으면
딱새는 벌레를 잡는 게 아니라
가슴속에 숨은 슬픔을 콕콕 쪼아내고 있다는 것

그러고는 언젠가 슬픔을 물고
어디론가 사라진다는 것

꼬리를 까닥거리다가
붉은 갈색의 가슴에 혼자서
담아 갔다는 것

셋, 동행

　해물찜을 먹고 밖으로 나오니 날이 차가웠다 때 이른 칼바람에 바지 자락이 나풀거렸다 식당의 유리문 밖으로 보았던 빈 택시는 달아나고 까만 도로 위로 불빛만 가득했다 기다려도 택시는 오지 않았다 전생까지 달려갔던 택시는 다시 오지 않을 것이다

　걷다
　셋은 터덜거리며 걷다
　보도의 폭이 좁다와 넓다를 수학 시간처럼 반복하자 자꾸만 샛길이 그리워졌다 샛길은 도처에서 달아날 궁리만 하고 있는 듯
　갈 수 있는 샛길은 보이지 않았다
　샛길은 아는 길 너머의 길

　모르는 사이,
　바람은 더 거세어지고 익히 아는 바와 같이 밤은 길어졌다
　밤의 긴 침묵이 셋 위를 날아다녔다

그 위로는 하늘을 배경 삼아 항해지도를 펼쳐 든 플
라타너스가 하나씩 나뭇잎 섬들을 떨쳐내고 있었다

종점일지도 모를 목적지는 알 수 없다 셋 다,

저의 불찰입니다

밤늦은 전철역에서 그 노파를 만난 것은
저의 불찰입니다
종이 상자를 뜯어 엉덩이 밑에 깔고
신문 쪼가리로 몸을 감싸고 있었습니다
너무 늦은 밤이었고
수은등이 창백하다 못해 파리한 탓도 있었습니다

나도 모르게 주머니 속의 전부를 노파의 손에
쥐어 준 것은 더 큰 불찰이었습니다
어디 사면의 방에라도 가서 쉬시라고 했습니다
어느 찜질방이라도 가서 몸을 누이시라고 했습니다

며칠 후 다시 밤늦게 귀가한 것도
저의 불찰입니다
더 늦은 밤이었고 행인도 끊겼지만
여전히 그 노파는
얼마 전의 행색과 자세로 앉아 있었습니다

대책 없이 살고 있는 매일의 내가
남의 관심을 구걸하고 있었던 것입니다
내 주머니 속의 전부를 내주었던 것처럼
누군가가 내게 모든 것을 주기만 기다리고 있었습니다

노파의 눈과 마주쳤을 때,
싸늘한 한기가 나를 밀어냈습니다

빈 술병이 쓰러져 우는 시

얼마의 시간이 흘렀는지 늘 그러하듯이 모니터와 키
보드와 스탠드 전등이 전부인 것처럼 보인다 다가오지
못한 밤의 정령들은 유리창 밖에서 청동거울의 뒷면처
럼 고요하다 책꽂이의 책들이 비쳐든다 쫓기는 꿈을 꾸
는지 옆방에서는 비명이 희미하게 들린다 홀로 감전되
는 자동 점멸등이 식구들의 흩어진 신발짝들을 찾는
동안 냉장고의 불빛이 파르스름하게 새어 나온다 벽에
붙어 있는 몇 개의 포스트잇과 메모의 흔적들, 필요한
것은 지나갔고 잊어버릴 것만 남았다 회전의자의 높이
를 조절하여 길게 몸을 눕힌다 몸의 길이는 그대로이지
만 의자는 몸이 늘어났을 거라고 믿는다 믿음이 곧 신
념이 되는 시대여서 내 몸은 늘어나야 한다 의무적으로
감당해야 할 일의 목록이 마트 영수증 길이만큼 길다

도시의 뒷골목으로 들어갔지 적당히 찌든 음식 냄새
와 투명 비닐이 둘러진 포장마차가 있었지 포장마차의
탁자 위에는 제멋대로 놓인 그릇과 음식과 술잔과 술병
이 있었지 쓰러진 술병은 없었어 술병이 쓰러질 때마다

일행 중 누군가 화들짝 놀라 일으켜 세웠다 빈 술병이
쓰러져 우는 시는 거짓이라고 했어

　그러고는 간밤의 애정이 아침의 분노로 바뀌고 아침
의 노여움은 한낮의 화해로 나가지 무심코 주소록을 열
다 발견한 고인이 된 지인 주소를 삭제했다

어두움 너머

세상의 일을 기억하기 시작한 다섯 살의 나는 독 속에 웅크려 울고 있다. 캄캄한 곳간 안의 더 캄캄한 홍시 독에 빠져 있다. 식구들 들일을 하러 나간 가을걷이의 한낮. 물큰한 홍시는 발뒤꿈치에서 으깨어져 있었지만 먹고 싶은 생각은 오히려 독 밖으로 달아나 버렸다.

옆집 경자가 죽어 독 속에 묻었어. 아이들은 독 두 개를 마주 보게 하여 묻는대. 외갓집 가는 학사동 솔밭 공동묘지에 독 깨진 것들이 붉은 흙 사이에 삐죽거렸어.

밤마다 여우가 공동묘지에 와서 세 번씩 구르고 다닌다고 했어. 독 속의 공기가 텅텅 대답하면 발톱 세운 앞발로 붉은 흙을 판다고 했어.

독 속에 갇힌 나는 끝없이 가라앉아 독 바닥에 엎드린 두꺼비가 되어 갔다.

나의 70년대식

　아버지의 분부대로 선생이 되었다 이미자의 섬마을
선생님을 입에 달고 살던 총각 선생이 사택 옆방에서 꾸
물거리던 때였다 섬마을은 아니지만 소록도가 훤히 보
이는 바닷가 마을, 밤마다 바닷물은 골목을 덮쳤다 꾸
물거리던 밀물이 빠지지 않았던 골목을 지나 학교로 갈
때면 구두를 벗어 들고 지나야 했다 무덤가에 해당화가
곱게 핀 유월이 오면 괜스레 서너 번 먼발치에서만 보았
던 서울이 그리워졌다 그리운 서울 그리움은 울컥 바다
가 되었다 교실 창가에 서서 바라보는 바다는 알알이
은빛 날개를 달고 튀어 올랐다

나의 80년대식

희망대공원 아래 남의 집 문간방에 세를 살았다 하릴
없이 책이나 읽고 라디오 부품 다듬는 일을 했다 그 당
시를 생각하니 그때는 안 그랬는데 왜 이리 눈물이 나
지? 라디오 부품 하나를 깨끗이 다듬어 놓으면 오 원을
줬다 종일을 책 안 읽고 다듬으면 한 달에 삼천 원 정도
를 받았다 산수에 약했던 나는 그 계산이 맞는 건지 아
직도 모르겠다 눈이 쑤셔 오는 저녁 무렵이면 아이를 데
리고 희망대공원에 갔다 장난감 로봇 조립품을 소파에
서만 갖고 놀아야 했던 아이는 너무 좋아했다 왜 또 눈
물이 나지? 희망이라고는 전혀 없었던 80년대의 희망대
공원은 유일한 희망의 단어였다 희망이 절망보다 값없
이 버려져 뒹굴고

아무것도 갖지 못하고 아무것도 할 수 없었던 희망대
공원 아래의 절망마저 훔치려 나의 부재중에 누군가는
방을 뒤졌다 다락에 쌓아 둔 책이 하나씩 팽개쳐져 다
시 쌓아 올리는 건 부질없는 짓이었다 부재중이면 어김
없이 팽개쳐져 있었다 몇 개 남은 아이의 돌반지는 늘
무사했다 잃어버린 것이 전혀 없었으니 도둑의 짓이 아

니라는 결론을 내려야 했다 갈 곳 없는 나의 청춘도 훔쳐 가라고 좀처럼 생각나지 않았던 일들이 오열처럼 쏟아졌다

　잊고 싶었던 때가 흥건하다

나의 90년대식

　예기치 않게 신은 나를 찾아왔다 아차산에서 산상기도를 끝내고 내려오는 새벽이면 희미한 가로등 밑에 수많은 매미들이 죽어 있었다 매미는 죽어 바스러지는 몸피만 남기고 사라지고 새벽의 한기는 하루를 밀어내었다 죽어 가는 사체이면서도 아직은 이생의 미련이 그들의 날개 끝에서 바르르 떨 때면 그만 신의 손을 놓아 버리고 싶기도 했다.

　아직이라는 말이 멀고 먼 작별을 예고하기만 하고 나의 세월은 더디 다가왔다 누군가 곁에서 그 아직을 붙잡아 주었으면 하는 바람도 멀고도 멀었다

　후회와 반성과 회한만이 가득했던 세월을 뭉개 버렸다 가장 열심히 신에 다가갈 수 있었던 그때에 나는

3부

짧은 사랑의 기록이라고 해 두자

야간 산행

어둔 밤 숲은 질려 있다 숲속에 들어가 보면 그렇다
밝은 곳이라고는 빼꼼 하늘뿐이다 오늘처럼 하현달이
마지못해 떠오르는 밤이면 더욱 그렇다 노파의 기형적
으로 가늘어진 허벅지처럼 나무는 말라 비틀어져 있다
그 부분만 눈에 띈다 이럴 땐 아예 헤드 랜턴을 꺼 버리
는 게 낫다

유일한 기억 방식은 보행이다 걸어 올라간 것은 올라
간 것이었으므로 기억에 걸려 남질 못한다 의지도 없이
걸었으므로 길 위에 흔적이 남지 않는다

몇 번의 넘어짐을 빼고는 밤새워 걷는다 발 앞에 뱀
이 스르륵거리는 듯했지만 무시한다 무사하다 어디쯤
정상일까 가늠해 보는 건 아침은 과연 오는 것일까라고
물어보는 것만큼 현명치 못하다 허벅지의 근육들이 가
늘게 찢어지는 걸 느낀다 연골이 바스러지는 소리를 듣
는다 벌써 내일이다

식물학

식물학은 사랑스러운 학문이라는 구절을 읽다
몸을 모로 말았다
식물의 씨앗처럼 둥글게 말았다
잔뜩 웅크린 자세이다
식물이 못 된다면 같은 종의 동물이라도 되겠지
꽃 속의 애벌레라도 되듯
나무둥치 속의 굼벵이라도 되어 보듯

식물이 되어 한 그루의 정금나무가 되어
봄이 오면 새삼스레 꽃도 피워 보다가
연한 향기 풀풀 풍기다가
가을이 오면
새빨갛다 못해 푸르스름한 열매 달고
흐느적거리는 몸매로 다가가 볼까
정지하지 못한 생의 나날은 이어지고
갈 곳 없는 머릿속만 일상의 모서리에 부딪히다
바람이 다른 바람을 밀쳐내듯
느낌을 다른 느낌이 덮친다

느낌만으로 나는 이미 식물이 되어 있다

물푸레나무

똑같은 날에 똑같은 일과를 반복했을 뿐이었거든
그런데 왜 등판이 쪼개질 듯 아프냐고
물푸레나무의 반점 많은 등을 쓸어 보고 싶다는 생
각을 하긴 했어
잔설 남은 산등성이에 바람을 붙잡고 있었거든

꼿꼿하게 서 있는 물푸레나무도 아팠을 거야
군데군데 몸을 비트느라 생긴 멍든 자국
하늘에 매달린 우듬지에서도 보였거든
저건 분명 기어이 잎을 틔우려는 처절한 몸짓

누워 보기도 체조해 보기도 꼼짝도 안 해 보기도
별짓을 다 해도 소용없는 짓
내 등판에서도 싹이 나려나 잎이 돋으려나
그게 아니라면 이렇게 아플 리가 없어

물푸레나무 때문에 하루가 멈출 뻔했잖아
며칠이 될지도 모르고

다만 등짝만 아파서 다행이라고

이러다간 물푸레나무의 푸념까지 듣겠어
나의 신음 소리와 물푸레나무의 푸념이
재넘이에 실려 동네방네 소문나겠어
이 봄엔 그만 신날 거거든

입하

마늘종을 뽑으러 마늘밭에 갔다 이미 누리끼리해진
마늘잎과 그 안에서 솟고 있는 굵고 부드러운 마늘꽃대
를 뽑아내려 한다

캄보디아의 수상마을에서는 하늘이 호수보다 낮았
다 하늘은 늘 물속으로 빠져들고 있었다

물속에 잠긴 하늘은 마늘종에서 다시 태어난다 마늘
잎들을 헤치고 되살아나는 하늘이 돌아갈 길은 없다

마늘종을 뽑다 보면 마늘이 흙까지 달고 딸려 온다
너무 힘을 주었구나 적당한 힘 조절을 알려 준 사람이
없다

힘으로만 되는 게 아니라는 것을 겨우 알아도 힘의
강도는 알 수 없다 수상가옥의 받침목들도 힘으로만 지
탱하는 건 아닐 거라
하나, 둘, 셋, 넷, 숫자는 시간을 세는 데만 유용하다

톤레삽을 오가는 뱃머리에서 수상가옥 받침대만 세
고 또 세고 있었다

가을의 구도

담쟁이 잎이 시든다 가을이 오기도 전에 잽싸게 말라
떨어진다 언제나 먼저 오는 예감처럼 너무 예민한 담쟁
이 잎이다 눈앞에 보이는 것들에 대한 터무니없는 연민
이 윤기 나는 진초록을 버리고 손가락 끝에서조차 바스
러지는 갈색이 된 연약함을 호소한다

까만 눈동자 닮은 담쟁이의 열매를 손가락으로 눌러
터뜨린다 검은 눈동자들이 툭툭 터져 한시적으로 물러
서는 가을의 구도

마지막 남은 몸부림일 거다 담벼락에 따닥따닥 담쟁
이넝쿨의 한세상이다 한세상을 만들어냈다 길이 아닌
곳에는 길을 내주고 내일이 아닌 곳은 오늘이 살게 한다

온전한 담벼락 하나만 남아 있다
온전하게 담쟁이의 넝쿨만 남아 있다
봄이 오기까지는 저대로 한세상을 살아낼 것이다

사과

　훈자 마을의 길을 헤매고 있을 때였다 발을 뗄 때마다 폭폭 먼지가 일어나는 외계의 어느 행성 귀퉁이였다 허술한 여행자의 배낭도 텅 비어 갈 무렵인데 눈을 돌리면 어디서나 붉고 작은 사과가 다닥다닥 달려 있었다 손에는 흔한 반 리터짜리 생수병도 없었다 맨땅을 걷는 것도 지루한 한낮, 인적 드문 마을 길 사이로 여자아이가 지나가고 있었다 무심코 지나가는 아이에게 나도 모르게 아이 라이크 애플이라고 말해 버렸다 별 반응이 없이 지나치는 아이에게 다시 한 번 아이 러브 애플이야라고 소리쳐 주었다 여자아이와 스친 지 꽤 많이 지난 후, 기척에 뒤를 돌아보니 아이는 뛰어오고 있었다 은갈색 머리카락이 춤추며 뒤따라오고 있었다 상기된 뺨에 호퍼 빙하 속 흑요석 같은 눈이 더욱 커지며 두 팔을 쭉 내밀어 달려오고 있었다 아이의 손바닥에는 벌레 먹은 사과 한 알이 담겨 있었다 조그마한 아이는 한 우주를 몰고 오고 있었다

　훈자 마을의 고요가 이내 아이를 삼켜 버렸다

표해록

새벽에 깨어 소리 한 점 없는 벽을 바라보다가
기어이 표해록을 꺼내 든다
침묵보다 위대한 것은 없다는 첫 장을 넘기며
공복의 아우성을 듣는다

갈 길은 멀어도 볼 것은 다 보자
상해, 항주, 소주를 지나 북경 유리창 거리로 나가자
힘겹게 숨을 내쉬며 뻐끔거리며 세상을 보자

표해록은 멀어지고
이명은 먼 공포로부터 다가오고
처음 본 색목인이 말을 걸어 온다

쓰린 아랫배를 쓰다듬으며
얼마를 더 견뎌야 여명이 되는지 더듬어 본다
계산서는 찢어져 바다를 유영하는데
기다림은 끝이 아니다

턱을 괸 오른손 쪽으로 마비가 온다
시간과 정지가 동음이어라고 강변하는 지금
무심을 넘어선
꽉 문 어금니는 단단한 톱니
어금니는 처음부터
요철이 꽉 들어맞아 있는 거다

파도가 담긴 서안을 사랑해야 했다
기꺼이 파도의 서안을 간직해야 했다
내가 지나온 바닷길이 거기에 있으므로

노란 선 안으로

트레킹하기에 가장 좋은 계절에
히말라야에서는 폭설이 내렸대
폭설은 눈사태를 불러
쏘롱라에서는 수십 명이 눈 속에 갇혔어

여섯 살 딸아이에게 긴 편지를 쓸 거야
만년설은 착한 아이란다 울지 않아
눈사태는 나빠 소리 지르거든
그 애는 이빨을 빼야 하는데

앞니 빠진 채로 이빨 나기를 기다릴 때
머리가 아프다는 말의 뜻을 몰랐어
튼튼한 머릿속을 갖고 있었거든
이마에 손을 얹고 파리한 입술로 머리 아파하고 싶
었지

나는 고라니처럼 뛴다고 믿었는데
나더러 터벅터벅 걷는다고 말했어

지하로 가는 길에서는 결코 뛸 수가 없지
그래서 고라니가 살지 않아
지하철의 스크린 도어가 열리기 전까지만이라도
비참함에 익숙해져야지

현재의 왼쪽은 자라고 있고 오른쪽은 늙어 가고 있지
둘 다 한통속이라서 무서워
안전선 밖으로 물러나세요
나는 노란 선 안으로 발을 옮길게

패턴으로 기억해

숫제 수크령 밭이야
사나운 이리 꼬리가 사방에서 달려들고 있어
저 꼬리들에 불을 붙이면 만산에 불붙는 가을이 온대
사라져 가는 여름 볕이 사납게 목덜미를 태우고
달려오던 하늘이 잠시 파란 물감을 섞고 있을 때면
나를 만나러 수크령 들판에 오기나 할 거야

오마던 너의 나풀거리는 머리칼이나 만지고 싶어서
발목을 수크령이 잡아채서 넘어지는 건
나에게 넘어지기보다 쉬울 일일 텐데
낭패감은 손바닥이 풀잎에 씻김보다 더 아플까
소들도 먹지 못해 피해 버린 덕택에
가을 무성하게 들판을 덮을 수 있었던 것 또한
오지 않은 너를 기다리는 앙갚음일 거라

무한 반복으로 바람은 불어 종횡으로 몰아쳐
패턴으로 기억하려 해도
잡히지 않는 수크령이 물결을 이루고 있어

저들은 시제조차 당겨쓰고 말 거야
너의 신이 보고 있다면 외면하고서라도
너를 기다리는 지금을 어제로 바꾸고 말지

쑥보다 레몬그라스

아직은 추위가 몰려오기 전에
레몬그라스를 키운 적이 있었지요
도다리쑥국 한 숟가락 떠먹고 싶었는데
레몬그라스를 키웠어요 똠양꿍, 똠양꿍
쑥 대신 레몬그라스
도다리 대신 새우
똠양꿍에 둥근 수저가 드나드네요

지금쯤 고향 뜨락에는
늦은 겹동백꽃과 이른 영산홍이
범벅으로 만화방창하겠지요
도다리쑥국을 먹으러 가자 했지요

발음하기도 힘든 똠양꿍을 먹으며
쑥 향은 코끝에 맴도는데
똠양꿍의 레몬그라스를 씹고 있네요
어디로 가야 도다리쑥국을 먹을 수 있나요
고향 동네 식당에서는

종이에 갈겨�쓴 도다리쑥국이
바람에 펄럭이겠지요

도다리의 각진 지느러미를 붙잡고
먼 곳으로 데려다 달라 하고 싶어요
해초류 헤치고 잔새우들 물리치며
똠양꿍, 똠양꿍 먼 바다로 다니고 싶어요
그런데 레몬그라스의 질긴 줄기가
영 씹히지 않네요

잉카인들은 고향을 감자라고 불러

냉장고 문을 열었어. 오, 저런, 감자가 싹이 나고 있었
어. 감자에 싹이 나서 싹! 싹! 싹! 할 수도 없는 난감함이란.

어린 왕자는 소행성의 바오바브나무를 싹이 틀 때마
다 잘라 주어야 했어. 그대로 두면 행성을 삼켜 버린다
고 그림으로 보여 주었어. 양더러 뜯어 먹으라고 했지.

감자의 싹은 오동통했지. 연하고 여린 싹이었지. 중세
유럽에서는 감자를 관상용 꽃으로 가꾸어 왔지. 시체처
럼 땅에 묻어야 자라는 감자를 마녀의 작물이라고 했
겠다.

안데스의 중턱에서 제각기의 색깔로 온갖 크기와 모
양을 자랑하던 감자를 떠올렸어. 잉카인들은 고향을 감
자라고 불러.

싹 난 감자를 꺼냈어. 손바닥 안에서 차가운 감자의
몸통이 만져졌어. 춥고 척박한 땅에서 자랐던 이력에 냉

장고 속에서도 싹을 낼 수 있는 건 너의 자유. 독이 오른 너의 싹을 싹둑 자를 수 있는 건 나의 의지.

싹 난 감자를 인터넷에서 물어보았어. 모두들 싹 난 감자를 먹어도 되느냐고 묻고 있었어. 싹 난 감자의 존재와 역사와 정의에는 관심도 없이. 싹을 잘 도려내고 먹으면 안심입니다. 배가 더 아파질 것 같아.

심해에서

토방에 세워 둔 서리태 단은 주인이 병원 간 며칠 새
를 못 참고 후드득 검은 눈알을 토방 아래 쏟아 놓았다
더러는 마당가 시든 봉숭아 뿌리 곁으로 달려 나갔고
잔디 사이사이에 알알이 박혀 있었다

해가 화방산으로 넘어가자 이내 저뭇해졌다 느리게
하품하듯 경로당 옆 가로등에 불이 들어오고 움직이는
건 졸졸 흐르는 냇물이었다 울지 않는 새와 미동도 하
지 않는 길고양이 바람조차 그쳐 버린 저녁이 오늘도 찾
아왔다

쿨럭이던 옆집 박샌 양반은 초저녁에 잠이 든 듯 그
집도 여전히 조용하다
깊은 어둠의 마을에 날마다 한 차례씩 암전이 찾아
온다

함께할 술동무도 잃은 채 동동주 병이 까무룩 앉아
있고 하릴없는 문풍지만 바르르 떨며 무안한 듯 소리를

낸다

네가 있는 이국의 도시는 이제 아침이 밝아 오겠지
어두워지는 여기만큼 그곳은 밝아졌으면 좋겠다 가 보
지 못한 도시의 발음하기 어려운 이름과 늘 잊어버려 그
려야 하는 국제 우편물 주소 철자는 아무리 푸념한들
거기에 있는 너의 지난함보다 더할 순 없겠지

심해라는 말은 심장 속이라는 말과도 같다 납작한 몸
과 주체할 수 없는 퇴화의 기관들이 자신의 임무를 완
수하기 위해 꾸물거리는 곳이다 가끔씩 어쩌다 기분 좋
은 날이면 깊게 심호흡하여 한 가닥 햇살이 닿게 해 주
는 곳이다 어디에 있든 너와 나는 심해라는 짐을 나누
어 살고 있구나

카슈가르에서 한나절

한 사람이라고 해 두자
짧은 여행의 기록이 아니라
짧은 사랑의 기억이라고 해 두자
타림 분지의 오아시스 마을
소륵국 카슈가르에 도착하여 너를 만났지
백년 찻집에서 홍차를 마셨고
알툰올다 식당에서 양갈비를 먹었지
그저 먹기만 했지
너를 만나기 전에 먹은 양고기보다
그때 더 많이 먹었을 거야
향비묘도 가지 않았고
구시가지도 걷지 못했어
사진 한 장 남기지도 못했네
유적지는 사라지고 바자르도 사라지고
오직 너 하나 한 사람만 남았지
예약된 티켓을 한 손에 쥐고
너는 쿠차로,
나는 우루무치로,

카슈가르에서 한나절이 그렇게 다 지나간 거야
짧은 사랑은 여기서 끝났지
기억도 여기서 끝나야겠네

4부

꾸어야 할 꿈이 너무 많아서

세월

이것은 거의 2.4킬로미터에 달하는 거리를 한 방에 쏘아 맞히는 한 사내의 이야기다 그가 발사한 총알은 3초 만에 표적에 도달하는 놀라운 타격 실력이다 중력 때문에 직선이 아닌 곡선으로 떨어지는 탄환이 표적을 맞추기 위해서는 바람과 습도와 중력을 계산해야 한다 아니다 바람은 계산하는 것이 아니라 극복하는 것이라고 했다 몇 번 되뇌는 순간이 바람처럼 지나갔다

들여다보다

알파센타우리Bb를 감시해. 그 별은 지구형 행성이야.
살아 있든 죽어 있든 모든 물체는 자신과 닮은 것들을
증오하지. 표면 온도가 1400도라는데 생명체가 살 수
있을까요? 그러니까 감시하랬잖아. 높은 온도에도 그 별
은 거기 있잖아. 녹아 버리지도 않고 없어지지도 않고 거
기 있잖아. 우리가 그 별을 몰랐을 때부터 거기 있었잖
아. 지구도 모르는 보이지 않는 알파센타우리Bb를 감시
하기 시작했다. 감시란 건 별게 아니었다. 마음속 깊이
점 하나를 찍어 두고 가끔씩 들여다보는 것이다. 잘 보이
지 않을 때는 꺼내어 손바닥 위에 올려 두고 보기도 하
고 입술로 쓸기도 했다. 그것마저도 탐탁지 않을 때는 와
락 흔들어 보기도 했다. 빛의 속도로 2057년이나 가야
하는 거리의 행성을 깨어지거나 무너지지 않게 모시는
것이 바로 임무였다.

연애 고샅길

그녀는 시멘트 블록이 덜컹거리는 골목에 나를 세워두고 점집에 들어갔다 기다리는 동안 나는 짧지 않은 골목길을 몇 번이고 왕복했고 그러고 나서야 점집의 문짝이 열리고 그녀는 울면서 뛰어나왔다 너랑은 절대 이루어질 수 없다며 너랑 결혼하면 난 일찍 죽거나 이별하게 된다며 너는 죽일 놈이야, 라며 내 가슴을 쳤다 눈물범벅의 그녀 얼굴은 차마 외면한 채 대문 옆 댓가지에 걸린 연 꼬리만 바라보고 있었는데 꿈인 듯 그녀가 '갔다'는 국제 전화가 왔다 먼 이국에서 먼 이국인이 지껄이는 언어를 하나도 빠짐없이 기억할 수 있었다 그녀는 아팠고 그녀의 수첩에서 번호를 알아 전화하는 거라고 국제 전화답게 자신의 말만 하고 끊었다 전화선을 타고 나는 태평양을 건너는 꿈을 꾸었고 한 번도 가 보지 못한 그녀의 마을에 내가 있었다

1월은 길었다

1월답게 길었다 날씨는 자꾸 흐렸고 잊을 만하면 눈
이 내렸다 기다리던 추위는 그리 쉽게 와 주지 않았다
이대로 겨울이 끝난다면 되지 않을 공상의 날이 많아져
갔다 일기예보 사이트가 폐쇄되었다고 믿었다

매일이 같은 1월의 날이 계속되었다 달력의 숫자만
이 유일하게 유동적이다 그렇다고 아무것도 움직이지
않는 것은 아니었다 어제와 다름없이 움직이는 것들이
문제였다 움직이는 것들은 그림자를 지니고 있다 움직
이면서 그림자를 보기는 어려운 일이었다 일상에서 뽑
아내는 그림자는 의미가 없다

그림자가 길게 모습을 끄는 저녁 무렵이 흔들렸다 아
직 추위는 다가올 줄 몰랐다 기억하지 않은 밤만 매일
밀려왔다 밤은 홀로 깊어 갈 줄 알았고 스스로 물러갈
줄도 알았다 날씨를 가늠할 수 없는 밤이 무서웠다 밤
에 추위는 몰래 밀려온다고 믿는다

그게 우리들의 1월이었다 가로수는 알통만 남기고
민망한 듯 쑥스러워했다 배부른 고양이가 버드나무 아
래서 졸고 있었다 이건 겨울이 아닌데 계절 감각을 찾으
러 모두 밖으로 나섰다

직선과 사선

붉새가 하늘 한 귀퉁이에서 잔잔하더니
싸늘한 봄비가 이스락이스락 내리네
후드를 뒤집어쓴 너와,
편의점 비닐우산을 쓴 나 사이에

아스팔트 길 위로 빗물과 가로등 빛이 엇갈려 쌓여
직선과 사선이 교차되는 지점
두 사람의 물 젖은 발길이 무겁다

직선은 점이 애절하게 촘촘히 박혀
더 이상 멀어질 수
없다는 오기의 신호

발길 닿는 대로 발이 닿는 곳마다 길이 되는 곳에서는
자신의 오기는 신호가 없다

추억이라는 물체를 주머니에 넣고 걷고 걸었다
딸랑딸랑 추억은 가끔씩 소리를 내며 환기시켰다

지름길이라 일컫는 것도 사이에서 가능하다
시점과 종점의 직선은 존재하지 않는다
뜨거운 직선은 긴장한 채 팽팽할 뿐이다

스물에서의 한밤

몇 군데의 포장마차와 편의점과 길, 그리고 골목을 몇 굽이 돌았는지 기억나지 않는다 이것은 기억나지 않는 기억의 모둠이다 정확히 말하려 해도 정확하지 않은 몽환 속이라 해야겠지

어둠 속에서 희미한 창밖의 빛이 가로등 불빛인지 옆방 창문을 새어 나온 불빛인지 잠결에 의아했다 기척에 깨었다가 다시 잠이 들었고 창문의 희미한 불빛의 정체를 궁금해하며 또 잠이 들었다

무릎이 어디엔가 부딪혀 크게 소리 내며 주저앉은 것도 몽환 속의 일이다 어둡고 침침한 낯선 방에서도 가끔씩 아픔은 도져 왔다 소리 내어 앓을 수는 없었다 끙끙거리지 못할 수밖에 없었다

어느 행성에 불시착한 우주선 같은 이불 안은 눅눅하고 냄새가 났다 고개를 내밀지도 않았다 바깥세상과는 내 몸의 어느 한 부분도 닿지 않았으면 했다 최대한 몸을 움츠린 채 새우처럼 팔딱거리지 않고 조용히 웅크렸다

새벽이 오는 소리는 어디에서도 들리지 않았다 가로

등 불빛인지 옆방 불빛인지 먼동이 서서히 덮어 갔다 잠
이 깼는지 의식이 돌아온 건지 모를 순간은 찾아왔고
그 순간은 정지였다 내 기억은 여기에서 끝이 났고 내
스물도 끝이 났다

재경향우회

첫사랑 대식이는 재경향우회에 나오지 않았다
정확히는 재경향우회 송년의 밤이었다

어렴풋이 서대문 어디선가 부동산을 하고 있다고
풍문으로 들었는데
저들처럼 양복 쫘악 빼입고 가슴에 꽃 달고
앉아 있으면 보기 좋으련만

노래방 기기가 놓인 무대에는
운동회 천막 끝에서처럼 달린 찬조금 명단이
훈훈한 온풍기 바람에 휘날렸다

어지간히 서울 생활에 이골이 난 얼굴들이다
자부심에 곁들여 향수까지 더한 모습들이다
소주 몇 잔에 붉어진 볼에 잔주름만 커져 보였다

원형 테이블 위로 빈 접시만 늘어 가고
행사는 끝나고 잡담만 남았다

어느 한구석에선가는 이젠 그만해, 옛날 일이잖여
큰 소리도 터져 나왔다

그건 옛날 일
별빛 너머보다 더 먼 옛일

하나둘씩 빠져나갔다
가슴마다 하나씩 쓸쓸함을 품고 떠나갔다
서울은 멀기만 했는데
서울에 사는 지금도 서울이 멀다며
진눈깨비 내리는 거리로 총총히 나섰다

내 첫사랑 대식이는 여직 향우회에 얼굴도 못 내밀었
는데

골목 끝에 우리 집이 있는데

버스에서 내렸을 때 아스팔트 바닥은 미끌거렸다
네가 첫눈을 보았다고 우겼을 때도 믿지 않으려 뒷걸
음쳤다
더 진득하게 눈이 내렸다
또박또박 걷는 네 발 사이로 어둠이 스며들었다
아직은 더 가야 할 골목 끝 집
구겨 넣어도 안 들어가
하늘 밖으로 한 발 내민 집

종점 부근의 편의점 불빛이 창백하다
스물네 시간 눈을 뜨고 골목을 지켜야 하는 편의점
불빛이
산란하는 연어알이 되어 어둠 속으로 떠다닌다
도시가 내려다보이는 편의점에서는
쌓아 둔 라면 상자와 과자 상자가
맥없이 무너져 내리기 일쑤였다
골목을 힘겹게 올라온 바람이
한바탕 난리를 치고 갔겠지

편의점을 지나면 완전한 어둠이다
작은 창문으로 새어 나오는 불빛이 너그럽기를 바
란다

어둠에 물든 지붕
어둠에 물든 가슴
어둠이 너무 쉽게 차지해 버린 가로등 바깥
가로등 기둥에 붙어 있지 못한 전단지며
가로등 기둥에 남은 청테이프 조각
가로등 기둥을 스치지 못한 채 기어이 머물고 만 저
녁 바람
식구들의 발소리를 기억하느라 지친 가로등은 졸고
있다

4월은

눈이 많이 올 거라고 했다
눈보라 치는 곳도 있을 거라고 했다
4월의 눈이라 듣는 순간 재미있다고 웃었다
연두와 신록의 차이만큼이나
아득한 거리
네가 서 있는 곳은 서해의 바닷가
거기서 말도 되지 않는 예보를 듣고
너도 웃었을까
해가 지는 서쪽을 막막하게 바라보았다
네가 보일 리는 전혀 없지만
매일 내게는 네가 사는 집이 들어와 있다
방한되지 않는 벽과
방풍도 되지 않는 바닷가의 집
물 묻은 손가락이 쩍쩍 달라붙는 문고리
윗목에 짜 놓은 걸레가 그 모양 그대로
얼어붙은 냉기
겨우 지탱했을
거기서 너는

4월에 겨울을 다시 맞는구나
그것도 중순에, 중천에
먼지같이 부서지며 띄엄띄엄 내리는 눈은
잿빛 하늘을 배경으로 보이지도 않는다
4월에 내리는 눈은 그런 거다
괜히 너까지 끌어들여 마음 사납게 했구나
너마저 저버렸구나
4월은 그런 달이다

삼거리 버스 정류장

비무장의
비포장도로를
낀 삼거리
종일을 기다려도
차 몇 대
사람 몇 명
고라니 몇 마리
지나가는 곳
투명 아크릴판에
붙어 있는
간단한 버스 시간표
빛바랜 플라스틱 의자
누군가
노끈으로 묶어 놓은
지저분한 세수수건
닦고 안으시오
써진 종이
흙바람만 요란한

삼거리 정류장

인정하긴 싫겠지만

알코올 중독이던 여자는 아이를 가졌을 때도 술을 끊지 못했다 술 마시기만 하면 패던 남편도 끝내 막지 못했다 아이를 낳고 사흘 만에 여자는 아이를 두고 갔다
아이는 술주정뱅이 아빠와 등 굽은 할머니 밑에서 혼자 컸다 천천히 혼자 자랐다

아이의 엄마는 아이가 세 살이 되었을 때 한 번 다녀갔다 아이에게는 가느다란 금목걸이 하나만 목에 걸어주고 가 버렸다 엄마라고 불러 볼 사이도 없이 가 버린 엄마였지만 아이는 엄마가 금목걸이를 줬다고 동네방네 자랑했다
입에 익지도 않는 엄마, 울 엄마

처음 보는 호텔의 구석진 방
길고 긴 낭하를 걸어 당도한 어린 시절,
하얀 리넨의 침대보가 사무치게 구겨진 채로
입술에서 미어져 나오는 것 같은 저 말, 말들
꾸역꾸역 밀어 넣어 삼킨 기억들을

혓바닥을 일그러뜨리면서 목구멍으로 밀면서
비극이 그대로 비극으로 남는 서사를 쓰고 있다

입술이 큰 여자는
외로움이 입술로 뿜어져 나온다
이별의 몸짓을 연습해야 한다
눈과, 발과, 손의 처리 방법을
종일 생각했다

언제부터인지 목걸이는 목에 맞지 않았다
꾸어야 할 꿈이 너무 많아서
어느 사이엔가 뚝 끊어져 사라졌다

한낮

소스라쳐 깨어났을 때는 정오였다 반사적으로 벽시
계를 보았고 길고 짧은 바늘이 포개어 있는 정오의 시
각을 확인했다 조금만 더 있으면 서로의 일상만큼 다른
보폭으로 제 갈 길을 가는 게 시간이다 창밖은 차분했
고 잠이 들었을 때 떠나 있던 나는 아직 서서히 돌아오
는 중이었을 것이다 내가 떠돌았던 산골짜기가 어렴풋
이 떠올랐다 말하기 쉽게 꿈이었다고 해 두고 싶다 산골
짝은 환했고 계곡물은 차가웠다 흰나비가 날아드나 했
더니 나를 피해 다녔다 국수나무 덩굴 사이로 피했다
올려다본 산은 파도가 거꾸로 달려드는 폭풍의 바다를
참나무 숲으로 보여 주고 있었다 뒤집어서 생각해도 파
도의 엉큄이었다 뒤집어서 솔기가 드러난 생각에 팔을
억지로 꿰고 있었다 꿈이었다니까 흰나비는 국수나무
덩굴을 빠져나와 나에게 또 다가왔다 이내 꼬리를 감췄
다 갈 길이 바쁜 초침을 따라 가는 일은 쉬운 일이다 언
제 출발하는지 얼마만큼씩 가야 마무리가 가능할지 알
지 못하는 시침을 따라 천천히 내가 돌아왔다 아직도
한낮은 계속이다

어둠의 저편, '불빛-불 비늘'의 욕망

고명철(문학평론가)

    김수목의 이번 시집을 통독한 이후 불현듯 그가 언제부터 시작詩作 활동을 펼쳤는지 궁금하였다. 이 시집의 심연으로부터 스멀스멀 번져 나가 시집 전반을 휘감는 모종의 외로움과 연관된 정동情動의 시적 맥락을 이해하고 싶어서다. 김수목의 시력詩歷에서 알 수 있듯, 그는 2000년에 시단에 데뷔한 새로운 밀레니엄의 시인이다. 물론, 어떤 시인의 데뷔 시기가 그의 시세계를 이해하는 데 아주 사소할 수 있다. 하지만, 공교롭게도, '2000년'이란 물리적 시간의 경계가 우리에게 던지는 역사문화적 실재를 대수롭게 흘려보낼 일은 아니다. 밀레니엄의 전환기, 그것도 새로운 밀레니엄이 개시되는 그 첫해에 시인으로서 존재론적 전이가 일어난 것은 자연인 김수목에게 '사건'이다. 이번 시집 곳곳에서 감응되는 외로움의 정동은 이 '사건'을 겪은 시인의 삶의 바탕에서 생성되는 시적 상상력의 안팎을 이룬다. 그래서인지, 시집의 맨 앞에 배치된 「심야 버스」를 눈여겨보게 된다.

먼 인가의 불빛처럼 반짝이는 무엇이 되고 싶었다
어둠이 밤새 일렁일 때마다 불 비늘이 되어
외로운 이의 창가를 밝히고 싶었다

　　　　　　　　　　　　　　　— 「심야 버스」 부분

　심야 버스에 몸을 실은 시적 화자의 내면을 곰곰이
들여다볼 필요가 있다. 우리는 곧잘 욕망의 대상에
관심을 쏟기 십상이어서, 시적 화자가 되고 싶은 '불
빛-불 비늘'을 우선 주목한다. 그런데 예의주시할 것
은 욕망의 대상도 중요하지만, 그 대상이 지닌 의미와
수행의 맥락이다. 시적 화자는 칠흑 같은 밤 속을 달
리는 버스의 창밖 "먼 인가의 불빛"을 보고 있는데, 버
스를 타고 있는 화자와 인가의 거리는 버스가 이동하
고 있는 만큼 유동적일 뿐만 아니라 (노면의 상태와
버스의 주행 속도를 감안한) 버스의 이동 상태에 따
라 어둠 속을 비추는 전조등의 작동과 맞물리면서 시
적 화자는 예의 불빛에 대한 상상력을 구체화한다. 그
것은 "외로운 이의 창가를 밝히"는 속성을 띤다. 이때
간과해서 안 될 것은 이 모든 욕망이 어떤 이유에서인
지 모르나 지난 시기 이뤄지지 않았다는, 과거에 좌절
한 그래서 역설적이지만, 욕망의 본래적 속성이 그렇
듯, 이후 이 욕망을 향한 간절함은 '불빛-불 비늘'과

함께 한밤을 관통한 '심야 버스-시적 화자'가 "닿는 곳이 내일이다"(「심야 버스」)라는 상상력을 수행한다. 강조하건대, 그것은 "외로운 이의 창가를 밝히고 싶"은 시적 정동인바, 이에 대한 해석의 비약을 감행하면, 김수목 시인에게 2000년을 경계로 20세기를 통과하여 21세기로 접어든 삶 속에서 시적 주체를 휩싸고 있는 '외로움'의 시적 상상력은 그의 시핵이라 해도 과언이 아니다. 이것은 좁게는 2000년에 시단에 첫발을 디딘 시인의 시 쓰기의 근원적 정감과, 넓게는 시인의 21세기 새로운 시공간을 해석하는 메타포로서 이번 시집의 정동을 이뤄내고 있다.

> 사진 한 장 남기지도 못했네
> 유적지는 사라지고 바자르도 사라지고
> 오직 너 하나 한 사람만 남았지
> 예약된 티켓을 한 손에 쥐고
> 너는 쿠차로,
> 나는 우루무치로,
> 카슈가르에서 한나절이 그렇게 다 지나간 거야
> 짧은 사랑은 여기서 끝났지
> 기억도 여기서 끝나야겠네
> ─「카슈가르에서 한나절」 부분

오래도록 유리창에 기대어 딱새를 보고 있으면

딱새는 벌레를 잡는 게 아니라

가슴속에 숨은 슬픔을 콕콕 쪼아내고 있다는 것

그러고는 언젠가 슬픔을 물고

어디론가 사라진다는 것

— 「붉은가슴딱새」 부분

낯선 여행지에서 체감하는 외로움은 말 그대로 단독자로서 자의식을 강하게 상기시킨다. 서로 타자의 관계로 만난 우연을 두고, 우연을 가장한 필연을 우주의 섭리로 애써 해석하는가 하면, 이내 또다시 각자의 길을 떠나야 하고, 새로운 타자와 또다시 관계를 맺는 여행의 주술 같은 매혹을 벗어나지 못한다. 그래서 심지어 "사진 한 장 남기지도 못"하고 "오직 너 하나 한 사람만 남았"을 뿐인 바로 그 단독자로서 아우라만을 "짧은 사랑"의 지극히 낭만적 "기억"으로 소진할 운명으로 남긴다(「카슈가르에서 한나절」). 다만, 기억의 힘이 남아 있는 한, 그 필연을 가장한 우연의 순간들로 틈입해 간 "가슴속에 숨은 슬픔을 콕콕 쪼아내고 있다는" "그러고는 언젠가 슬픔을 물고/어디론가 사라진다는" '붉은가슴딱새'와 그들이 흡사하다는 간명한 시적 진실에 처연히 외로우리라(「붉은가슴딱새」). 때문에 김수목 시인이 각별히 주목하는 여행자들은 '붉은가슴딱새'와 포개지듯, 자기 슬픔을 아프게 쪼아대는 지극히 외롭고 슬픈 자해가 자기 파괴의 자멸로 귀결되는 존재가 아니라, 단독자로서 인간의 존재론적 (불)가해성을 온전히 삶으로 살아내는 존재다. 김수목의 이러한 시적 진실의 차원에서, 가령 알코올 중독이었던 여자가 갓난애를 버려두다시피 집을 떠났다가 세 살 무렵 찾아와 잠시 상봉한 후 헤어짐을 앞둔 채 그녀를 엄습해 온 외로움 속에서 어린 자식과 이별하는 몸짓을 연습해야 하는 이 서글프고 웃픈(?) 상황의 진정성을 헤아려볼 수 있다("외로움이 입술로 뿜어져 나온다/이별의 몸짓을 연습해야 한다/눈과, 발과, 손의 처리 방법을/종일 생각했다"—「인정하긴 싫겠지만」).

기실, 이번 시집에서 예의 외로움의 시적 상상력은 어둠과 죽음의 도저한 시적 물음에 맞닿아 있다. 이 또한 김수목 시인이 착근하는 인간의 존재론적 (불)가해성의 삶과 결코 무관하지 않은바, "심해라는 말은 심장 속이라는 말과도 같다 (중략) 어디에 있든 너와 나는 심해라는 짐을 나누어 살고 있구나"(「심해에서」)라는 시구는 그 단적인 시적 표현이다. 빛이 거의 투과하(되)지 못하는 심해는 '심장 속'이므로, 심장을 지닌 인간 존재의 내면을 찬찬히 들여다볼수록 시인에게 인간을 이해하는 과업은 깊고도 깊은 심해의 허방을 더듬고 헤매는 것과 다를 바 없다. 달리 말해 이것은 시인이 어둠에 친밀성을 띠는 도정인 셈이다. 그리하여 시인은 암연黯然을 밀쳐내기보다 그것에 더욱 밀착해 들어가야 한다. 역설적이지만, 한층 두터운 어둠 속을 파고들어 가는 시작詩作을 통해 자연스레 그 어둠의 저편 너머에 반짝이는 '불빛-불 비늘'이 될 수 있기에 그렇다. 다음 두 편의 시를 음미해 보자.

세상의 일을 기억하기 시작한 다섯 살의 나는 독 속에 웅크려 울고 있다. 캄캄한 곳간 안의 더 캄캄한 홍시 독에 빠져 있다. 식구들 들일을 하러 나간 가을걷이의 한낮. 물큰한 홍시는 발뒤꿈치에서 으깨어져 있었지만 먹고 싶은 생각은 오히려 독 밖으로 달아나 버렸다.

옆집 경자가 죽어 독 속에 묻었어. 아이들은 독 두 개를 마주 보게 하여 묻는대. 외갓집 가는 학사동 솔밭 공동묘지에 독 깨진 것들이 붉은 흙 사이에 삐죽거렸어.

밤마다 여우가 공동묘지에 와서 세 번씩 구르고 다닌다고 했어. 독 속의 공기가 텅텅 대답하면 발톱 세운 앞발로 붉은 흙을 판다고 했어.

독 속에 갇힌 나는 끝없이 가라앉아 독 바닥에 엎드린

두꺼비가 되어 갔다.

—「어두움 너머」 전문

친구는 가기 전에 영정 사진을 골라 놓았다 했다
자신이 죽은 후에 살아 있는 사람들이 볼 사진을 고
르며
제일 예쁜 것으로

장지는 외롭지 않게 붐비는 곳으로 택했다
너무 외로워서
죽어서라도,
모르는 사람들이라도,
자주 스치는 그런 곳으로 정해 달라고

—「아직 가만히 놓다」 부분

두 편의 시 모두 어둠의 이미지와 죽음에 대한 상
상력을 공유하고 있다. 그러면서 모두 어둠과 죽음의
사위에 갇혀 있지는 않다. 표면상 두 작품의 분위기는
무겁고 음산하되, 정작 두 시를 지배하고 있는 시의
정동의 측면에서, 「어두움 너머」가 설화적 상상력에
바탕을 둔 어떤 정겨운 여운이 감돈다면, 「아직 가만
히 놓다」는 삶과 단절한 죽음의 기氣가 팽배한 대신,

죽음과 삶이 상호침투하는 모종의 생기生氣가 감지된다. "캄캄한 홍시 독에 빠"진 시적 화자는 어두운 독 안에서 엄습해 오는 죽음의 두려움을, 하필 "옆집 경자가 죽어 독 속에 묻었"는데 "밤마다 여우가 공동묘지에 와서" "발톱 세운 앞발로 붉은 흙을 판다고" 하는 얘기를 듣는다. 이렇게 구비 전승되는 '독-죽음-여우'의 이야기에서 주목해야 할 것은 이 이야기가 캄캄한 독 속에서 한층 내밀해지는 죽음에 대한 상상력을 활성화시키고, 급기야 마지막 행에서 시적 화자가 '두꺼비'로 변신되었다는 설화적 상상력을 전유한 시의 경이로움에 청자는 사로잡힌다. 구비 전승의 서사가 그렇듯이 여기에는 민중의 자연스러운 삶의 풍정風情이 녹아들어 있는 가운데 잘 익은 홍시를 맛있게 먹고 싶은 유년의 욕망과 아이들의 독 장례 풍속, 그리고 죽음의 경계를 넘어 우화적 존재로 갱신하는 또 다른 삶의 형식이 절묘히 어우러져 있다(「어두움 너머」). 이 같은 삶의 형식은 비록 죽음의 저편으로 떠나갔지만 "제일 예쁜" "영정 사진을 골라 놓았"고, "죽어서라도,/모르는 사람들이라도,/자주 스치는 그런 곳으로" "장지는 외롭지 않게 붐비는 곳으로 택"한 친구의 죽음-제의가 함의한, 자신의 죽음을 영속화 및 물화된 대상으로 전락시키는 게 아닌 그렇다고 삶과 혼

효된 채 죽음의 미망에 갇혀 있는 게 아니라 또 다른 존재의 형식으로 삶과 '함께 있는' 그런 끝 아닌 끝을 욕망한다(「아직 가만히 놓다」).

그렇다면, 끝 아닌 끝은 대체 무엇이며 어떤 것일까. "모든 것의 끝은 시작부터 함께였다"(「끝은 없었다」)는 도저한 시구는 그래서 곱씹을수록 문제적이다.

> 내가 할 수 있는 일은 내가 있는 곳을 전혀 벗어나지
> 못했다는 거
> 벗어나도 결국 내가 있는 곳이었다는 거
> 내 의지는 내 몸을 벗어나지 못하고
> 내 몸은 문지방을 넘어서지 못하고
> 문을 열고 나가지 못하자 생각들은 창문 쪽으로만 달
> 려갔다는 거
>
> 눈길만이 창문 위를 오가다 마주치는 건 적벽이었지
> 뾰족한 단절,
> 살아내는 모든 게 적벽이었네
> 하늘 끝에 걸려 있었네
> ─「적벽, 그 아래서」 부분

시적 화자의 생각과 몸은 자신에게 낯익은 자신을

에워싸고 있는 경계를 벗어나고 싶다. 그것이 추상이든 구체이든 어떻게 해서든지 (비)가시적 경계를 넘어서고 싶다. 하지만 모든 노력은 도로아미타불이며, 이 모든 헛됨에도 불구하고 자명한 것은 "살아내는 모든 게 적벽", 즉 "뾰족한 단절"이 "하늘 끝에 걸려 있었"다는 간명한 진실이다. 그런데 시적 진실의 힘이 배가되는 것은 이토록 자명한 것 자체의 비중에 짓눌리는 게 아니라 자명한 것의 속성을 헤집고 들어감으로써 자명성을 탈구축하는 일이다. 그럴 때 '적벽'이 지닌 시적 진실을 오롯이 만날 수 있지 않을까.

이와 관련하여, 눈에 밟히는 시구가 "살아내는 모든 게 적벽"이듯, 이번 시집에서 주목되는 외로움, 어둠, 죽음 등과 연관된 시의 감응력이 '적벽'이 거느리는 '끝'의 심상과 자연스레 이어진다. 그러니까 시인이 '적벽'과 '끝'의 심상을 통해 정작 벼리고 있는 시적 진실은 존재의 종언으로 갈무리하는 게 결코 아니다. 달리 말해 "이것은 기억나지 않는 기억의 모둠이다"(「스물에서의 한밤」)란 시적 표현이 함축하듯, 어떤 유무형의 것이 가뭇없이 한순간 증발하여 세상에서 영원히 종적을 감추는 게 아니다. 대신, 뚜렷한 내용·형식의 갖춤 꼴보다 "퇴고하지 않은 말과/탈고되지 않은 생각 사이에서/글자들이 자꾸만 도망"(「생각은 끝났습니다」)가는 그런 모양새일 따름이다. 김수목 시인은 이러한 희부윰한 '기억의 모듬'을 「나의 70년대식」, 「나의 80년대식」, 「나의 90년대식」이란 일련의 연대기 형식으로 시적 화자의 삶을 반추하며 재현한다. 이 '기억의 모듬'은 시적 화자의 과거를 떠올리는 여정으로, 그의 시적 여정이 그렇듯이 "몇 번의 넘어짐을 빼고는 밤새워 걷는"(「야간 산행」) 야행 길이라는 시적 보행을 예의주시할 필요가 있다. 여기서, 김수목 시인의 야행 길을 숙고할 때 하늘 끝에 걸려 있는 담벼락을 자기가 살아갈 세상 속 길인 양 더듬어 가며 자신의 길을 내는 존재가 떠오른다.

> 마지막 남은 몸부림일 거다 담벼락에 따닥따닥 담쟁이넝쿨의 한세상이다 한세상을 만들어냈다 길이 아닌 곳에는 길을 내주고 내일이 아닌 곳은 오늘이 살게 한다
> ─「가을의 구도」 부분

담쟁이넝쿨의 도보가 시적 화자의 야행 길과 겹쳐지는 데에는, 아무리 기억에 의지한 야행 길이라 하더라도 정해지지 않은 새 길을 내는 게 또한 야행 길의 순리이기 때문이다. 그렇게 야행 길을 나선 자는 온몸의 감각 신경을 곤두세운 채 어둠을 벗하면서 어둠 속

길을 걷는다. 그것이 바로 '삶의 길'이다.

그렇다. 김수목 시인의 이번 시집은 '삶의 길'을 우리와 함께 걷는 보행의 속성을 보인다. 이 길은, 외로움과 어둠, 그리고 죽음의 시적 감응력을 간직한 시적 진실의 힘을 갖는다. 그러면서, 이 길은 담쟁이넝쿨의 보행에서 세밀히 감지할 수 있듯, 도상학적으로 얘기하자면, 직선을 주축으로 한 직진이 아니라 둥근 원을 바탕으로 한 길 내기를 하고 있다. 따라서 길 내기 과정에서 면밀히 살펴봐야 할 것은 담쟁이넝쿨이 어떤 방식으로 길을 내고 있는지, 그 생장의 형식—리듬이다. 이것은 식물 생장의 비의성을 이해하는 열쇠인바, 이와 관련하여 끝으로 이번 시집에서 주목할 시는 「식물학」이다.

식물학은 사랑스러운 학문이라는 구절을 읽다
몸을 모로 말았다
식물의 씨앗처럼 둥글게 말았다
잔뜩 웅크린 자세이다
식물이 못 된다면 같은 종의 동물이라도 되겠지
꽃 속의 애벌레라도 되듯
나무둥치 속의 굼벵이라도 되어 보듯

—「식물학」 부분

식물 씨앗의 형상은 "몸을 모로" 말아 버린 "잔뜩 웅크린 자세"로, 이것은 원환圓環의 도상성을 띤다. 그리고 마치 생명 태초의 모습을 회복하려는 듯 씨앗이 지닌 원환의 도상성은 근원 회귀의 심상[還]을 거느린다. 말하자면, 식물의 생장은 생명의 신비의 힘을 지닌 작은 씨앗[圓環]으로부터 시작하고, 그것이 발아하여 생장하고 다시 재생을 위해 씨앗이 지닌 생명의 근원으로 회귀[還]하는 생장의 리듬을 보인다. 식물 생장의 비의성은 그러므로 씨앗의 두 심상-'둥근 원[圓環]'과 '돌아감[還]'을 바탕으로 하고 있듯, 시적 화자의 '식물-씨앗' 되기의 욕망이 "꽃 속의 애벌레"와 "나무둥치 속의 굼벵이" 되기의 욕망과 포개지는 것은 괴상한 일이 전혀 아니다. 애벌레와 굼벵이의 형상이 지닌 생장의 비의성도 우주적 생태의 시계視界에서는 '식물-씨앗'의 그것과 매한가지일 터이다. 따라서 김수목 시인은 21세기의 시인으로서 예의 '식물-씨앗' 되기의 욕망이 지닌 '삶의 길'을 담대히 창조하면서 어둠의 저편, '불빛-불 비늘'의 욕망을 실현하고 있지 않은가.

막막함이 나를 살릴 것이다
2024년 2월 13일 1판 1쇄 펴냄

지은이	김수목
펴낸이	김성규
편집	김안녕 한도연
디자인	신아영
펴낸곳	걷는사람
주소	서울 마포구 월드컵로16길 51 서교자이빌 304호
전화	02 323 2602
팩스	02 323 2603
등록	2016년 11월 18일 제25100-2016-000083호

ISBN 979-11-93412-25-1 04810
ISBN 979-11-89128-01-2 (세트)